AF340194

LES ENFANTS

POËME

Couronné par la Société Impériale des Sciences, de l'Agriculture
et des Arts de Lille, 27 décembre 1863

PAR VICTOR FAGUET

POITIERS

GIRARDIN, LIBRAIRE-ÉDITEUR

1864

LES ENFANTS.

Ipsa tibi blandos fundent cunabula flores.

Virg., *Eglog.* 4, 23.

I.

Enfants, soyez bénis; car vous êtes des anges,
Qui savez des mortels consoler les douleurs,
Puisque, à vous voir sourire endormis dans vos langes,
Nous nous sentons calmés, attendris et meilleurs.

Nous étions comme vous quand, par un doux mystère,
Aux époux que la vie abreuvait de son fiel,

Nous rappelions jadis le ciel héréditaire,
Et mêlions à leur coupe une goutte de miel.
Au val sombre et désert qu'ils arrosaient de larmes,
Retraçant de l'Éden l'innocence et les charmes,
Nous venions leur ouvrir un horizon plus pur ;
Et, quand sur nos berceaux ils inclinaient la tête,
Si leur front d'un chagrin gardait l'ombre inquiète,
Leur âme de nos yeux réfléchissait l'azur.

Depuis, notre auréole à nos fronts s'est éteinte,
L'âge a découronné l'enfance aux rêves d'or ;
Et des réalités la douloureuse étreinte
Nous a fait vers le sol replier notre essor.
La fange des chemins souilla nos robes blanches,
Et le fruit, qui pour nous semblait pendre des branches,
S'enfuit quand notre main s'ouvrait pour le ravir,
Ou, de nos cœurs troublés loin d'apaiser la fièvre,
Cendre aride et moqueuse, il a brûlé la lèvre
Et redoublé la soif qu'il devait assouvir.

De pleurs et de regrets nous semions notre voie ;
Mais apparaissez-vous, gracieux messagers,
Tout resplendit soudain de lumière et de joie,
Et, sous le poids du jour, nous marchons plus légers.

L'air que vous respirez rafraîchit notre haleine,
Un baiser qu'on vous prend nous enlève une peine,
Et votre calme endort l'orage de nos sens :
A son insu, chacun se fait à votre image,
On redevient enfant de cœur et de langage,
On oublie, on renaît dans vos bras caressants.

Le foyer, cher abri qui vous cache au profane,
Vous doit, en vous formant, de bien douces leçons :
Votre hôte craint pour lui l'air malsain qui vous fane,
Et s'épure en berçant ses tendres nourrissons.
Dans son pieux respect pour ce gage céleste,
Il mesure ses pas, ses paroles, son geste,
Et veut qu'au logis veille une sainte pudeur;
Il voit l'homme futur sous l'ange qu'il contemple,
Et d'une vie austère il compose l'exemple,
Où l'enfant de son rôle apprendra la grandeur.

Enfants, soyez bénis ; car votre main relève
Nos fronts que les chagrins et l'âge allaient flétrir ;
Et, rendant à nos cœurs leurs parfums et leur sève,
Votre innocence en nous commence à refleurir.

II.

Lorsque, sans guide au ciel, sans appui sur la route,
Nous errions dans la nuit, tombant à chaque pas,
Nous nous disions, poussés par l'infortune au doute :
« Pourquoi prier en vain, si Dieu n'existe pas?
» L'homme est l'ombre d'un jour qui rêve et qui croit vivre :
» Eh bien! que du plaisir la coupe au moins l'enivre,
» Puisque, après le festin, pour toujours il s'endort! »
Ainsi jetant à Dieu l'insulte ou l'ironie,
Malheureux, on l'accuse, et coupable, on le nie,
Pour courir oublieux du néant à la mort.

Mais cette providence insensible et voilée
Que nous cherchions en vain dans le désert des cieux,
Déposant de son front sa couronne étoilée,
S'incarnait près de nous et vivait à nos yeux.
Chaque jour nous l'offrit sous les traits de la mère,
Qui, pour guérir, enfant, ta nostalgie amère,
Te fait entre ses bras un paradis d'amour,
Qui, te versant son âme et son lait goutte à goutte,

Prouve à l'ange exilé qui la voit et l'écoute,
Que le sein maternel vaut le divin séjour.

De la mère et du fils cette union sublime
Qui le fait vivre en elle et la transforme en lui,
Ne peut-elle éclairer le douloureux abîme,
Où d'un chaste idéal ce rayon pur a lui?
Ce miracle touchant qui ravit sa demeure,
Ne rend-il pas l'espoir à l'insensé qui pleure,
Et croit perdu le ciel qu'un nuage a terni?
Un tel amour peut-il jaillir de l'âme humaine,
Et n'est-ce point à Dieu que la source ramène
Lorsque ses flots profonds reflètent l'infini?

Oui, tu peux de tes dons, ô suprême sagesse,
En l'épuisant ainsi, garder tout le trésor;
Et ta main, qui sur elle épanche sa largesse,
Doit, en comblant la mère, être plus riche encor.
Son amour n'est du tien qu'une pâle étincelle;
Lorsque son sein tarit, ta mamelle ruisselle,
Et ne sèvre jamais l'homme toujours enfant;
Ta voix nous berce mieux que le chant d'une mère,
Et, des songes mortels dissipant la chimère,
Promet à notre couche un réveil triomphant.

Soyez bénis, enfants ; car au ciel le plus sombre
Vous rendez quelque azur et l'étoile du nord,
Et vous offrez pour guide à la voile qui sombre
La foi, pieux aimant qui nous attire au port.

III.

De l'ange qui sourit sur le sein d'une femme,
Si les présents divins savent nous consoler,
L'innocence et la foi, ces deux ailes de l'âme,
Vers des sommets plus hauts brûlent de s'envoler.
Jadis, lorsque la croix, symbole qu'il révère,
Au peuple agenouillé rappelant le calvaire,
Le voyait dans le temple adorer Dieu martyr,
Nous passions en silence, ou, secouant la tête,
Nous mêlions le sarcasme aux cantiques de fête,
Car nous voulions comprendre, alors qu'il faut sentir.

Nous sentons aujourd'hui, nous comprenons peut-être...
Depuis que nous voyons, autour de notre seuil,
Folâtrer ces enfants, si chers au divin maître,
Le père du sceptique a terrassé l'orgueil.
Quoi ! nous pourrions vider les plus amers calices,

La mort aurait pour nous d'ineffables délices,
S'il fallait racheter l'enfant qui va périr,
Et nous osions douter, ô superbe démence !
Qu'embrassant tous ses fils dans son amour immense,
Le père des humains pour eux ait pu mourir !

Ainsi la créature au-dessous d'elle-même
Ravalait son auteur ou bornait son pouvoir ;
Et, prête à s'immoler pour les êtres qu'elle aime,
Pensait que de nos maux Dieu ne peut s'émouvoir ;
De pleurs et de pitié quand notre âme est pétrie,
Nous croyions qu'en Dieu seul la tendresse est tari ,
Et qu'il nous voit souffrir, impassible et serein ;
Lorsque le dévouement est divin chez un père :
En la divinité vainement on espère,
Disions-nous, elle est sourde et le ciel est d'airain.

Au respect de son nom quelle voix nous rappelle ?
Ah ! quand pour le bénir, assis sur nos genoux,
Vous bégayez, enfants , les mots qu'on vous épelle,
Nous sentons que le Christ est au milieu de nous.
Nous avions oublié l'humble et douce prière
Qu'il apprenait à l'homme, en invoquant son père ,
Mais, en vous l'enseignant, nous la comprenons mieux ;
D'un bras humain pour vous mesurant la faiblesse,

Nous en cherchons un autre , et, pieux par tendresse,
Nous implorons aussi notre père des cieux.

Soyez bénis , enfants; car notre âme flétrie
De votre bouche apprend à répéter : Je crois!
Et la religion nous voit , mère attendrie,
Baiser les pieds du Christ étendu sur la croix.

IV.

Combien n'avions-nous pas, avant de vous connaître,
Formé de nœuds sacrés, pour l'homme, hélas! si courts!
Combien de fois senti défaillir et renaître
L'espoir toujours déçu des terrestres amours !
Les unes, chastes fleurs de nos vertes années,
Au souffle du printemps tombaient déjà fanées,
Et de pâles débris semaient le champ des morts ;
Les autres qui s'offraient à notre âme en détresse,
C'étaient le philtre impur que vide un jour d'ivresse,
Et le plaisir ailé que suit un long remords.

Les plus tristes parfois sont les amours fidèles ;
Car nos serments en vain croient triompher du temps ,

Quand les rides de l'âge ont flétri les plus belles ,
Leur aspect nous rend-il les rêves de vingt ans ?
Hélas ! avec leurs traits leur mémoire s'efface ,
L'air n'a plus ni rayons , ni parfums sur leur trace ,
L'œil distrait s'en détourne ou n'ose les revoir.
Du passé le présent est l'amère ironie ,
Et l'âme croit subir la première agonie ,
Où l'amour l'abandonne èt s'éteint sans espoir.

Mais , si l'amour n'est plus , à quoi bon vivre encore ?
Quel guide en son chemin reste à l'homme éploré ?
Quel autre aura sans lui le prisme qui décore
Cet univers pour nous morne et décoloré ?....
C'est vous qui lui rendez son prestige et sa vie ;
Et les autres amours n'ont rien qu'on leur envie ,
Quand, de nos cœurs enfin ravivant le flambeau ,
Vous leur montrez , enfants , que l'existence humaine
De sentiments divers forme une heureuse chaîne ,
Et qu'elle a fait encor du dernier le plus beau .

Non, ce n'est plus la fleur qu'un printemps sème et cueille,
Ni le philtre , doux miel au bord , absinthe au fond ,
Ni le bonheur flétri , souvenir qui s'effeuille ;
Non , cet amour plus saint , est aussi plus profond .
On aime pour aimer et , comme Dieu nous aime ,
Pour répandre son cœur dans un autre soi-même ;

On aime, car pour nous vivre , enfants , c'est aimer !
Et le foyer plus doux qui rayonne en notre âme ,
N'est qu'un reflet lointain de la divine flamme
Qu'en nous et pour toujours le ciel doit allumer.

Soyez bénis , enfants ; car vous savez nous rendre
Un feu qui nous réchauffe , avant le dernier jour,
Et d'avance , ici-bas , vous nous faites comprendre
Le chaste enivrement de l'éternel amour.

V.

La nuit tombe, et déjà, lassés d'un long voyage ,
Nous voyons tout pâlir et s'éteindre à nos yeux ,
La nature fleurit moins belle, au soir de l'âge ,
Et semble aussi vieillir et la terre et les cieux.
Chaque jour raccourcit l'aile de l'espérance ,
Nous jette, en s'enfuyant, un deuil, une souffrance,
Et , déchirant nos cœurs, en emporte un lambeau.
A travers les débris dont ils jonchent la route,
On marche en trébuchant vers le but qu'on redoute,
Et dans l'ombre voisine on pressent le tombeau.

On recule éperdu ; mais sur votre faiblesse
Quand il s'appuie, enfants , notre cœur est plus fort :

Vous grondez nos frayeurs d'une voix qui caresse
Et semble murmurer : « Quoi ! vous craignez la mort !
» Et, cependant, si Dieu vous prêtait sa puissance,
» Pour nous verser à flots votre munificence
» Auriez-vous trop du ciel et de l'éternité ?
» Quels pères…. ah ! ce doute est lui seul un blasphème !
» Ne voudraient, épuisant jusqu'à l'infini même,
» Nous faire égaux à Dieu par la félicité ? »

» Or, celui par qui l'homme est, se meut et respire,
» Le croyez-vous moins bon que l'œuvre de ses mains ?
» Ne leur fait-il rêver leur part de son empire
» Que pour précipiter de plus haut les humains ?
» Dans son immensité roi morne et solitaire,
» Peut-il ne rien vouloir celui qui peut tout faire ?
» Est-il de ses faveurs plus avare que vous ?
» Pour les hommes, ses fils, n'a-t-il point d'héritage ?
» Ou ne daigne-t-il pas les admettre au partage
» D'un bonheur qui sans eux pour un père est moins doux ? »

Oui, l'amour paternel, chers enfants, nous rassure ;
Car, au fond de nos cœurs, Dieu se laisse entrevoir ;
C'est lui qui, de nos vœux dépassant la mesure,
Va nous faire un bonheur égal à son pouvoir ;

Mais, comme, en votre absence, il serait toujours moindre,
Quand nous serons partis, pour venir nous rejoindre
Vous reprendrez, enfants, le vol du séraphin.
Nous pouvons donc mourir, puisque, sûrs de revivre,
Au ciel, vide sans vous, un espoir va nous suivre,
Celui de vous revoir, de vous aimer sans fin.

Soyez bénis, enfants; car, en vain la nuit tombe,
Vous nous montrez le ciel par l'amour habité,
Et vous nous révélez, au-dessus de la tombe,
Le radieux séjour de l'immortalité.

POITIERS. — IMPRIMERIE DE N. BERNARD.